Un día

Lada Josefa Kratky

Un día, Desi se asoma.

Da un paseo.

Mmmm. Esa pata es
de un sapo.

Mmmm. Esa pata es
de un pato.

Mmmm. Esa pata es
de un dinosaurio.

¿Pasó un sapo?

¿Pasó un pato?

¿Pasó un dinosaurio?

Desi se asoma.

Patitas, patas, patotas.